平得壮市　俳句・短歌集

飛んで行きたや

沖縄愛楽園より

コールサック社

平得壯市俳句・短歌集

飛んで行きたや　沖縄愛楽園より

目次

平得壮市俳句・短歌集

飛んで行きたや

沖縄愛楽園より

俳句Ⅰ　飛んで行きたや

羽あらば飛んで行きたや里の春

ふるさとの遠き昔のやぎ料理

遠き日の飢えをささえし花蘇鉄

亡き母のここが生まれし秋しぐれ

母の島《さと》遥かに見える春のレク

よく笑ふ吾が子を膝に日向ぼこ

さじなめて童たのしや夏氷

合格の報を告げる娘の電話

冬ざれて君に初孫似合わず

三家族帰りし後の桜三日

鎮魂の時報を知らせる蟬しぐれ

点滴に命託して妻の秋

毛糸帽かた時放さぬかしこ妻

琉装の娘かんざし冬日射す

口笛の高鳴りやまぬ盆エイサー

激痛の灯下に足を妻こする

念仏のテープ流して霊送り

桜餅妻の食事に添えてあり

啄木鳥《きつつき》山より高く恩を知る

糸瓜《へちま》汁痩せし息子と向き合へり

観月の宴につかれて寝る子供

ボール蹴る子供らの歓喜冬曇り

利己主義を学びし娘春かなし

誇らしげに受賞のヌンチャク夏高々と

五《さ》月《つき》雨《あめ》思い出残して娘が戻る

潮騒のざわめく村の村祭り

病み細り口衰えず夏帽子

生まれたる仔牛起こせよと泣く子供

梅雨晴れて箸から箸へ骨拾い

偕老の喜ぶ妻や入道雲

娘より絶縁迫られ山笑う

友逝きて月夜の部屋に音を絶つ

故里へ送ってあげたや初日の出

神々の足跡たどる母の日

名月や親子で酒を酌み交わす

ふるさとの訛なつかしや秋宴

ふるさとの家々廻る盆エイサー

妻の腕寒く点滴針のあと

父在らば百と〇《ゼロ》歳曼珠沙華

墓参り来る日も久しい秋彼岸

骨折の妻を看《まも》りて冬の虫

ありし日の父のきびしさ秋の声

車椅子押すのも慣れて春うらら

嫁ぐ娘を囲む家族の紅葉酒

嫁ぐ娘の偕老願いて紅葉晴れ

古里の香り懐かしやクバ葉餅
正門でウチ紙燃やして霊送り
故郷の海底に遺跡の星月夜
語りても遺影声なし曼殊沙華
初孫の誕生寿ぐ神の舞い

古里の久葉の群生鷹渡る

声低き妻の願いこと秋彼岸

ふるさとの山河恋しや初景色

若水や幼年のころのつるべ井戸

祭壇の遺影ほゝえむ曼殊沙華

新涼や妻の散歩の車椅子

鍵いらぬ郷の生活や天日干し

亡き姉の顔が浮かぶよ鳳仙花

座《ざ》喜《き》味《み》城親子で巡る松の花

車椅子押し行く坂の白芙蓉

古里の蒲餅届く年の暮れ

初盆の姉の遺影が話しかけ

酒好み盆の遺影に一升瓶

送り来し里の新糖謝して喰ふ

ばんじろが熟して実家で風に揺れ

青パパヤもぎて夕食の妻仕度

四十余年振りの帰郷に出会う冬温し

春の葬黙して送る聖堂庭

初バナナ親子で配《わ》け合う三日月

新婚の温もり見ゆる新春かな

初孫の出産待ちいる秋しぐれ

老いてこそ恋しく想う里の春

若夏やテープに残る妻の声

亡き妻の面影追憶盆燈籠

桜散る妻の遺骨の箸渡し

妻眠るお墓へ急ぐ初お盆

寒深く遺影の妻は微笑みて

亡きことにいつしか慣れて春の雨

妻逝きてなんの音無し聖母月

妻眠るふるさとへ急ぐ盆の入り

友の死を聞きて哀しき聖母月

桜散る妻の命日娘に電《し》話《ら》す

云いたい事山程あるが又の日にする

久葉餅がふるさとの香り連れて来る

弔いの友を見送る聖母月

艦砲に噛まれて残る叔父の耳
村ごとに言葉異なる天の川
空遠く郷の民謡秋の暮れ
初盆の遺影は何にか語り居り
支え合ふ暮らしが欲しい春の夢

孫二人合掌優しき春彼岸

うりずんや遙かに見ゆる母の里

ふるさとへ吾れに替りて行く年賀状

思い出が多き小径の花月桃

お早よう治療室に集い来る初夏の顔

子らが来て親子で囲む春の夕餉

妻の味覚えて活かす男鍋

ふるさとより送り来し久葉餅妻に供え

久に逢ふ孫と望むる夏金星

俳句Ⅱ　肩寄せ合って

つゝましく生きる夫婦で年の瀬を

郷友の通夜が続く園の冬

冬ざれや肩寄せ合って兵の墓

春雷の最中に手にす友の文

元旦に願いをこめて夢を追う

今年も誓いははたせず年暮れる

庭先にメジロ呼び込む花蜜柑

くちなしの枝にメジロの声響く

春雷やおびえて走る登校児

立秋の食欲さそう洋食器

儚さよ命短し月下美人

白熱の野球観戦で汗きえる

庭先に夏到来の蟬時雨

軒下に風鈴つるして風を呼ぶ

非常の言葉にならされ寒椿

陛下来る園は秋雲湧きにわく
仏壇におはぎ供えて秋彼岸
甘藷掘る口達者な老夫婦
押売りに咄嗟の嘘でそぞろ寒
ご来光を拝む美崎は花せんな

天高く買い啼きやまぬ豚の声

救癩の美名に隠れて桜売る

すれちがう軽き会釈の夏帽子

酒囲み「琉球の風」の談弾み

療養の余暇に育てし夏カボチャ

秋深く沈む夕日の眩しかり

海渡の風に押されて坂登る

漁師らの昼酒二月風回り

大漁旗かかげて港の初起し

腕組みて漁師向き合う春一番

春深き島はあけぼの風光美
つり糸を海にたらして春を待つ
若夏の島にクジラが別れ告ぐ
寸分の水も漏らさぬ姥桜
啓《けい》蟄《ちつ》や池にむらがる鯉の群れ

椰子《やし》の木の伸びて蔭さす蔬菜園《そさいえん》
病みてこそ心が解る春かなし
幾山河苦節に耐えて春を待つ
人生には山あり谷ありあり桜あり
落葉掃く朝の挨拶背に受けて

ハブ捕りがハブに噛まれて技を欠く

夫婦愛猿に教わる夏寒く

秋深く空に二重の虹が舞ふ

習《なら》されて生きる馬鹿かや園の春

海人《うみんちゅ》のつり談義に鷹渡る

風薫る晩夏の光り海に射す

点滴のとれて白魚の箸動く

点滴に生命託して春芽吹く

病窓に話題膨らむ花談義

人生の縮図みたる様な夏晩年

人生への回路悔やみて盆の月

同僚の汗が地図かく綿のシャツ

雨量なくどこまで続く白露《はくろ》晴れ

万病に効くと貰いぬハブ酒漬

予防衣の医師足早に夏寒し

人生の苦楽を秘めておぼろ月

安住の地と定めしや盆の月

静粛に聖夜の灯《あかり》ひるがえり

足早に大根もつ手の年の市

熱去らぬ瞳に遠く冬の雲

同期らの出生羨む春もみじ

病み抜けし命大事と髪洗ふ

独り言多くなりたる春の雨

寒深く舌に張りつくミサのパン

人につくす僅かの汗や賀状かき

童うた口ずさみをり島の春

時忘れ冬に青葉の松繁り

星空に指笛響く沖縄角力《しまずもう》

偏見への変遷越えて夏兆す

予防法の撤廃後の生活《くらし》冬談義

島唄の哀調ほど酔う冬星座

退室する療床に朝日射する

秋惜しむ国《くに》頭《がみ》連山近く見ゆ

夕日うけ群飛ぶ空や赤とんぼ

病床にもやすらぎが残る虫の声

梯梧《でいご》咲き園は真紅に萌えている

台風や肩寄せ合わす漁船群

吾が部屋に日本二十六聖人の初暦

麻痺の指なめて辞書引く寒椿

義理チョコで温もり覚ゆる「ナース卵《らん》」

朝日射す押入の中に仏具見ゆ

わが庭に年の名残りの柿一つ

名護城の山の連なり緋《ひ》寒《かん》桜《ざくら》

文添えて浜に捨て小《い》犬《ぬ》春しぐれ

過疎の村人の温もり冬熱く

原っぱでこの指とまれ赤とんぼ

白鷺の歩道占拠で立往生

点滴がゆっくり落ちる十三夜

秋深く部屋の奥まで朝日射す

物売りの声透きて聞こゆる夏隣り

眼を細め日向ぼこの猫二匹

秋深く放牧の牛ら草をはむ

虫喰いの葉っぱ残して冬近し

病室の軒下ねぐらの冬つばめ

草をはむ牛横一列の秋の風

生命とは減り行くものか鰯雲

傷いえて心晴れればれ蟬しぐれ

山《やん》原《ばる》の車道いろどる鉄砲百合

塩漬けの豚肉でもてなす五月晴れ

桜貝ひろう渚の夏至南風

めんそーれと交流会は五月晴れ

元旦の漆器が輝く島料理

歓声の響く岬は初日の出

病床に安らぎもたらす軒ツバメ

全療協早春のみ旗なびかせて

大根を抜きて残りし穴のぞく

読み返す分厚き蔵書文化の日

流木に冬の鷗の泊りたり

芝青く石礎に影の一つずつ

晩春の海山渡る風の声

犬捨てるべからずの札きび畑

治療棟のロビーに七夕笹ゆれて

名月やトバラーマを聴く客静か

傷心の友を励ます冬灯下

早咲きの誇れる島の緋寒桜

柿熟れて枝の鴉と睨み合い

アンガマやあの世とこの世の機知くらべ

台風の去りし灯海に豚泳ぐ

蛇皮線の練習とだえて初蛙

立ち並ぶ松の大木神無月

路隔て言葉ことなる夏隣り

忌が明けて蛇味弾き解禁春しぐれ

同期らが訪い来て呉れし園の秋

聖夜来て神父の説教声高く

電灯を消して仰ぎぬ師走月

ペン先に群がる煩悩年暮れる

二〇〇〇年静かに暮れて山眠る

白粉《おしろい》に戦慄覚ゆる秋しぐれ

収穫にしびれ切らされ初バナナ

庭先にたわわに実るマンゴ樹々

吾れ先にと試食済ませし山笑う

人生への活路侘びしや歳の暮れ

カーテン無き病窓で眺める十三夜

新涼の草食む牛の息あらし

捨ておしむ書籍積み上げ年の暮れ

山原の連山深く入日射す
早春の霧立つ朝の多野岳
聞きとりて嫌われし昔が蘇える
看護師らの白衣まぶしき五月晴れ
山《やん》原《ばる》の嶺山まぶしき五月晴れ

ウィルスのマスクに重なる園《その》むかし
山笑う口から産まれし人かしら
また一つ風の中より除夜の鐘
枯蓮よ清《きよ》らな花を咲かせませ
久葉餅を食べて郷愁にひたる冬

流木にかもめ一羽冬の海

夕日射す暮れてまぶしき遠見台

万緑やたわわに実るマンゴ園

悠然と勇姿に泳ぐジンベザメ

北風に背中押されて坂登る

終焉の地と定めしや園の春

頑張れよと励まし呉れる明けの明星

木枯しや記憶に残る入園の日

憂鬱な心をいやす花紫陽《あじさい》

心無い言葉に悩む春いちご

ゴンゴンと風の中より除夜の鐘

吾が庭に夏到来の百合一つ

流れ来てまた流れ行く冬の浮

村ごとに言葉異なる天の川

巡回のナース等と交わす春談義

短冊に感謝の一筆夏の笹

この寒さいつまで続くや春嵐

うぐいすの声に起こされ声弾む

語り部を終えて一息春の海

ひと時の昼寝一《いち》薬《やく》天ノ川

巡回のナースの笑顔に薄紅葉

吾が庭の木々を飛び交ふ春メジロ

灯り無き部屋が増えたる園の春

巡り来てナース等が野菜貰い行く

見舞客愚痴と笑い残して帰り行く

治療棟のロビーに七夕笹ゆれて

大漁旗かかげて祝ふ旧正月

偏見と差別薄らぐ春いちご

差別なき園の生活や風香る

夏寒く場所の立退き迫らるる

行く度に笑いが残る理容室

住みなれし部屋の立ち退き夏さむく

頭洗の水に潺《せせら》ぎ重ね聞く

偕老のちぎり重ねて花開く

歳月の早さ実感八十路

人も減り空部屋も増え園の春

一年《ひととせ》に二十人も減り逝く園の春

語り部で同じこと何度も辛き春

車椅子並べて拝すエイサ慰問

地球よりでっかく話す夏帽子

感情を散らして怒る天の川

俳句Ⅲ　語り部たちの皺深く

初春や核を枕に復帰かな

鎮魂の碑文に群飛ぶ春の蝶

春旅行夢二《ゆめじ》生家を通り行く

天高く雄姿に映える首里王朝

復元の城壁高く鷹が舞ふ

群発の地震におびえる冬日向

初売に客は踊らぬ商店街

冬濤《なみ》の洗う割目は修羅の跡

矢抜かれ身軽になりたるオナガ鴨

艦砲の飛び交いし聖地に植樹祭

聖紫花の花に見せられ於《お》茂《も》登《と》岳《だけ》

首里城の復元間近秋を待つ

焦土化の跡に島の植樹祭

基地寒くＰＫＯで島動く

山腹の若葉眩しき明治山

春風や雄姿に踊る島娘

ブート岳弾痕跡の寒気増す

山腹の若葉まぶしき恩《おん》納《な》岳《だけ》

沖縄にどっと人寄せ四連休

夏寒く居所聴かれて嘘をつく

蔡《さい》温《おん》の遺志に背きて朽ち枯れる

見とれいてバスに遅れる姫路城

名桜を人波にもまれて初詣

戦場を語る老婆や佛《ぶっ》桑《そう》花《げ》

語り部らも白髪増えたる沖縄忌

摩文仁《まぶに》路へ行進続く沖縄忌
療園の歴史は深く春陽射す
哀しさは焦燥にありて沖縄忌
耐え忍ぶ術を覚えて春の弾
忘れ得ぬ苦しさ越えておぼろ月

夏蟬や御獄《うたき》への路は地獄路

鎮魂の思い新たに沖縄忌

慰霊碑の供花に飛び交う夏の蝶

秋深く島は怒りに揺れ動く

寒風突く基地の撤去に島動く

国策のあやまり詫びる冬帽子

予防法の歴史の怒濤鰯雲

基地縮小の世論つぶしの雲の峰

街角にゆれて目を引く赤い羽根

慰霊の日の語りべたちの皺深く

春愁や金網越しの象のオリ

未来なき基地の行くえに鷹渡る

予防法の議論渦巻く鰯雲

強制の代償決まらず春うらら

巨星逝き静まる風に夏遠く

自由への制約解かれて春うらら

祝盃の頬に色なすもみぢ膳

山原の山は動かず鰯雲

夕立ちやダムの上空を素通りす

国境の波音荒し鰯雲

夏寒く双頭口にアメリカ兵

予防法の廃止を喜ぶ初暦

躓きて石に罵声や赤とんぼ

ヘリポート移設に揺らぐ島の春

寒風へ立ち向かう勇気おとろえて

風紋を崩して渡る春の海

ロザリオの一珠一珠や慰霊の日

宮古島巡ればいずこも甘蔗花

天高く国境越えて鐘が鳴る

夏空に善意の鐘は鳴り響く

梅雨明けて礎《いしじ》の祖父に古酒注ぐ

久三の生誕百年根《ね》深《ぶか》汁《じる》

国境のはざまで生きる鰯雲

この島の未来どうなる花芙蓉

車空より望みし嶺イヂュの花

信仰持たぬ人等が騒ぐクリスマス

悪政の修羅場と聞くや久部良割《くぶらばり》

世の情け車の故障で良く解る

慰霊の日に心にもないこと云ふ首相

基地縮小の世論つぶしの鰯雲

秋風を深く吸い込む古宇利島《こうりじま》
たちまちに桜が覆いつくす日本列島
万国の新種集めて百合祭
千三百の聖魂《みたま》の慰霊や春彼岸
遠い日の差別忘れし夏の虫

たかが蚊と軽く見るなよデング熱

なんぶちと呼ばれし悲哀冬昔

花燃ゆる踊る素顔の島娘

オスプレイ墜落に呼び名異なる米と沖縄

車椅子こいで参列春季慰霊祭

短歌Ⅰ　共に歩みし

運動会明日に迫りて校庭の真白きライン飛び出す足かな

吾が病い必ず癒ゆると信じつゝ父は待ちおり十年経ちても

見も知らぬ顔はあれども古里の言葉つかいし人懐かしく

たそがれの帰省で空を見上げれば親しみ深きあの星も見える

ふるさとの空はいづこか人居らぬ丘に吾れ来て父兄の名呼ぶ

何ごとも自然に背かず生き給え兄は言うなり帰省せし吾れに

みにくくなりし子の現身《うつしみ》を知らずして逝きにし母は幸せならんか

母の日の母に捧げる母もなく幼きころより耐えて生ききし

苦しき身に耐えようと宣《の》らすその声に祈る心ににじむ暁光

故里の山並遠く紅々とふもとに登りて夢さめにけり

沖縄の十万坪の療園に病みており遠き家族を慕い

励ましの便り読みつゝ思ふ時別れしころの君の面影

恋したう友さえ遠きこの島に帰らぬ村の恋しきこの夜

草むらに寝ころびおれば何処より吾が名を呼びて駆けて来る子よ

笑顔して逢いたる丘に今は亡き君の面影立ちて消え行く

懐かしきふるさとなれど母のなき家を見ゆれば涙湧き来ぬ

さりげなくさようならと幼児の手固く握ればしばしはにかむ

この病は運命だからうらむなと低き言葉で父は云ふなり

郷遠く運命のまゝ生きて来て節句に思ふ家族のことを

石をもち追はるる如く古里を出できて早やも四十余年か

今のうち苦労しおくも身のためと年若き吾れに伯父は言ふなり

黒髪を夕風そよぐ浜に来て今宵も待つらし愛しき人を

漠然と郷愁にありこの島で帰らぬ島の恋しきこのごろ

吾が娘の未来に悔いを残さじと付けし名前に不安のこれり

弘美から貰いし古里の香り良き久葉餅分け合う隣人と

弘美より送って呉れしトレパンを着れば真心肌にしみくる

子の親になれる日あると思わずに子の誕生に喜び隠せず

親らしく振る舞ふことの人並みにデパートで子の玩具選び居り

それぞれの特長もちてかく鼾眠れぬ夜に聞き分けて居り

恋猫の儚き呼び声あちこちに夜は深々と更けて行くなり

初孫の誕生したる年にして見事に咲きし新年の花々

吾の心開かんとして君は時に格言を示し励まし呉れぬ

独学せし吾が人生を語るとき子らは親しき眼で見ており

縫いあげし浴衣を吾れに着させんと暑さいとわず妻はためさん

年毎に成長めざまし息子との電話に妻は感激し居り

古里の古き記憶は甦える島の防衛新聞で読み

三年続ければヌンチャク貰えると部活へ急ぐ子の顔明るく

長男の進学の年に人知れず悩み続けて一年となる

つるべ井に若水汲みし遠き日を思い出しつゝ蛇口ひねり居り

いつもなら家族で祝う子の誕生日寮生となりし今年は止めん

帰省する度《たび》に体の全体に傷跡できる子いじめ哀しく

山合いの村を彩る六百の鯉威勢よく空を泳ぎ居り

威勢よく泳ぐ鯉のごとはつらつと吾が子の成長願いておりぬ

生きものをあわれむ心教えんと子供らに鯉を池へ放さしむ

今は亡き人の情にて貰い来し伸びやまぬ椰子の木を妻と切りたり

義姉の死を電話で知る夜半ありし日の思い出浮かべ吾れは眠れず

逢えて良かったですねと故里の人らに迎えられ今日の幸せ

逆境を無事に乗り越え沖水へ入寮許可されし子の顔明るく

病みふりて吾が五十六の誕生日を妻と淋しく祝いておりぬ

草木の名知らず盆栽の趣味を持つ吾が心妻は知らぬと笑う

「力と技で悔の無い競技」をテーマとする高校総体のわが子を見に妻急ぐ

久方の古里で見るアンガマのユーモアな仕草に吾れ忘れ居り

久々に帰るふるさと石垣の街並まるで昔をとどめず

三線の遠くに聞こゆる芝原に妻と仰ぎし中秋の月

さわやかに汗をかきつゝ山原路を走る家族のドリームマラソン

娘との六年振りの電話にて交す言葉は大人びており

病床に娘が活けし花瓶への水替え呉れと妻はナースに

遠き日に聞き覚えたる民謡を無意識のうちに口ずさみおり

いさぎよく生命のすべてを医師の手に委ねて眠る手術前の妻

太陽が沈みやまぬ八時に就寝ですと床敷きて帰宅する保導員らの声

吾が植えし庭の緋寒桜も今年から花咲き盛ると妻喜びぬ

気が狂いし老婆に呼ばれ眠れずに空しき事があると云う妻

妻病みて不自由の吾れ術もなく介護人の助を待つ日続きぬ

六年振り親子が集う新年の宴の今宵は楽しかりけり

会ふこともついになかりき妻の母逝きにしことを義姉に知らされ

故里を立ち四十余年経つ今も訛り残るを録音で知る

送られし魚の数々掌に取りて無性に恋しふるさとの海

酔へばすぐ泣く癖のある兄なれど子に恵まれぬ寂しさ思ふ

愛しさのまさり来るなり初孫を抱きかかえるはいつの日か

十四まで育ちし島に四十二年振りの帰郷は遠くおぼろげ

古ぼけし市場ありしも夢にして見知らぬ街に来しかと思えり

炎熱の去りにて秋の気配増し百日草の花に亡き父

現世で会ふことのなきその祖父に息子は永く合掌して居り

いづこより流るるとなく童謡を聴きて唄えば童心にかへる

巨大なる除夜に念じて打つ鐘の強き余韻に心あらはる

障害児と係わり持ちて年の瀬の餅つく息子テレビに映りぬ

離れ住む子らに送らむと吾が庭に妻は糸瓜《へちま》の収穫して居り

バレンタインデーに娘が呉れしチョコレートをダイエット気にしつつ妻と分け合ふ

娘らと語りあいつつ登り行く斎場御嶽《せーふぁうたき》に淡き光さす

小雨降る田園のなか母娘「受水走水《うきんじゅはいんじゅ》」へ傘さして行く

遠き日に聞き覚えたる古里の唄口ずさみつ望郷にあり

父の日のプレゼントにと娘から送られしジャンパーに心温たく

離れ住む親子疎遠の解消に月に一度の食事会始む

療園に秋立ち早く望郷の月日は早く暮れて行くなり

うららかな春の日射しを浴びながら妻と海来て貝拾いおり

姉の名を平和の礎《いしじ》に確かむる除幕式に急ぐ妻子らと共に

子育てを終えて余生は吾がために生きる世姿清くあらむと

年毎に発展しゆく故里の想い出今も遠くて近くに

故里に集い来て祝う払い厄の祝賀の席の愉しかりけり

払厄の祝賀のためと牛一頭呉れたる君の心に感謝

突然の友の訃報に驚きて同級生なれば他人ごととは思えず

体弱き吾れより先に逝きし君の遺影に香焚きて来ぬ

弱き身を吾れに預けてすやすやと眠り続ける妻の昼下り

成人式終えたる息子ら数名の揃ふは頼もし新年の宴

療園に姉に連れられ入りし日の在りし姉の顔甦る

正月も迫りて妻は看護婦に手と足の爪切りて貰いぬ

リハビリの時間ですよと看護婦が妻を車椅子で迎えに来て呉れむ

娘の結納無事に終えたという兄嫁からの電話を羨しむ

病み長くなれば気までも弱くなる君を励ます言葉もたずに

弱き身を吾れに頼りし妻なれど吾が入院と聴き肩落す

親代わり務めて呉れし吾が姉の臨終前は落着いて居り

死にてなお銭のかからん葬儀など相談されおり異腹の兄は

両の手に孫をいだけばずっしりと生命の重み改めて覚ゆ

空港に出迎えし子ら久々に笑みて駆け来る吾が心満ち

四十余年振りに訪ねし里の手土産は島の特産六〇度の花酒

腕に抱く孫の笑顔の愛らしく児を抱きあやすも二十余年振りか

西崎より望むる村の景観に浸るゆとりも四十六年振りか

忍従と思いたくなしひたすらに妻の介護に日々明け呉れて

折りに触れ思い出される今は亡き姉に連れられ入園の時

頼り来し妻にたよられ人生の伴侶病に伏すは寂しも

焚く薪のなき日はいつも久葉山に枯葉を拾いに行きし幼日

姉のベッドで涙こぼさじと耐えており後幾ばくのみ命ならむか

ふるさとの与那国島を去り難く石垣行きの船が待ちおり

花嫁の父と呼ばるる晴れの日に出席できず祝電で済ませ

幸薄き境遇に育ちし娘早や二児の母なり幸せあるらむ

初孫の誕生祝し飲む酒は日毎に増して美酒にただ酔ふ

思いやる心忘れずいつまでも残されし余生を夫婦で生きむ

ハイハイで来る初孫を抱き上げぬこの子の未来に幸多かれと

介護とは忍耐と知るもわがままな妻をどなりてくやむことあり

幼きころいつも遊びし西崎の先に建てられし日本最西端の碑

そのうちに必ず治ると信じつゝリハビリ続ける妻を励まし

共に暮らし四十五年妻は死に娘に抱かれ石垣島へ

人々の心に笑顔残しつゝ死出の旅へと妻は立ちたり

死は必ず廻り来るものと知りながら妻の急死に悲しみ深く

生あれば二人で祝う新年の宴の良き日も夢と消え行く

名を呼べばいつも微笑む妻キヨも死にたりて早や一年忌迎え

子ありても共に暮らせぬ哀しみをこらえつつ妻は死出の旅へ行く

妻の亡き松の宴もとり止めて静かに祝ふ父と子のみで

四十五年の様々な想い出残して旅立ちしキヨよ本当に有難う

早春の陽光を浴びこれからは逝きにし妻の分まで生きむ

夫婦区の遅れし医療の改善に人力つくせし貴女の功績

思いやる心忘れずいつまでも世人のために博愛望み

体弱き息子の行く末気にしつゝ逝きにし妻の哀しみ深く

息絶えし妻に子の事心配せず成仏せよと言葉掛けたし

現世へ別れを告げて旅立ちし妻の死顔穏やかなりて

ふるさとへ招かれて行く還暦の宴の席は懐しかりけり

遠き日の瀬戸の旅路の想い出を懐しく想う亡き妻偲び

親族といえど知らざる顔多しらい病む吾の積年の悩み

吾れもまたこの仏壇に亡き妻と並びて納まる日は遠くなしと

掃き終えし墓にひらひら小葉落ちお母さんの使いかと息子言ひおり

年越しのそば用の椀一つ置き回想悔しく亡き妻偲び

吾れ宛に送り呉れたるふるさとの「久部良小学校の百年誌」謹みて読む

妻逝きて数々ありたる背負ふこと一人住む日の細々綴る

朝の陽の輝き見ゆる吾が庭に主無き小花たちが咲き誇る

生あらば還暦迎ふる吾が姉の戦時マラリヤで死にしをくやみぬ

面会に来し子供らはふるさとの近況細々吾れに語りぬ

母去りて七十七年経てども母の顔知らずに早やも七十九歳

子供らが待つ故郷へと園を発つこれが最後の帰郷かと思い

吾が度胸試すつもりの故郷へバスと飛行機乗りつぎて行く

五十年たちたる柿に今年も豊かに果実が付きているなり

それぞれの運命背負い生きて来て夫婦と言えども共には逝けずに

命日に庭に咲きたる薔薇つみて花活けに飾り妻と楽しむ

毎日が連休なのに公休日になれば道行く人無く寂し

在りし日のテープに残る妻の声面会に来し子や孫と聴く

老後は私が看るから心配するなと年若き汝吾れを励ます

来年も命があれば又来ると言葉残して父は帰りぬ

吾が命刻まれる如く足萎える妻を看とりて八年経ちぬ

妻逝きて八年経てど厳然と教会の名簿にクララ平得基世の名

あと幾度会う事あらん兄貴との対話小さく遠く流れて

さざ波にたわむれ遊びし遠き日のふるさとのあの「ナーマ浜」恋し

母の日に庭に咲きいる赤き薔薇を机上に活けて亡き妻しのぶ

妻現世《あらば》共に歩みし此の道も木漏れ日の影が顔に射し来る

輝きて我の心に甦る亡き妻と行きし瀬戸内の旅

旧盆の送り火の日にふるさとへ向かいて吾れは手を合せおり

面会に来し孫二人娘夫婦と水族館にひと日楽しむ

何事も先頭に立ち振る舞いし妻亡き今は継ぐ人の無く

ふるさとの友夫婦からの宅急便黒糖味噌蒲餅こまごまと有り

マイホーム完成の電話受け積年の二人の苦労を亡き妻に報告《はな》す

恙無《つつがな》く暮らせる日々に感謝して思いが積もる元日の朝

悲しみは日が経ち深くなるものか妻の笑顔の遺影に対ふ

父母は亡く遠くなりたる古里に帰郷を待ちおる老兄が居り

短歌Ⅱ　心豊かに生きたしと

迫害の先頭に立ちて同僚を護りし青木恵哉師逝く

かけ替えし屋我地大橋の景勝を眺めて帰る心涼しも

計画の一貫として吾が植えし園の梯梧は真紅に花付く

淋しさは曇る山より拡がりて指差す先は羽地内海《はねじないかい》

貧しくも心豊かに生きたしと暮れ行く街でスーツ買いおり

区切られし十万坪の療園に住みゆく一生哀しむなかれ

真心に看とりて呉れし看護婦は免許なき故に解任されぬ

行き違ふバスに療友お互ひに手を振りながら別れ行く今

ここまでが癩者の区域と知らされて今日の散歩も寂しくなりぬ

夕井戸の中に映りし星見つゝ吾は慕いおり兄の面影

つかれつゝ夜学に行けば居眠りを許し給いき宮城先生

遠きより話しかけ来る君の声哀しき春の風に消え去れ

吾が友ら貧しく病みてこの庭に肩を組みつゝ写真に向かいぬ

新患の深き横目で見つめられはっと気が付き顔をそむけぬ

病みふりて吾れ行かざらむ鹿児島の敬愛園のこと録音に聴く

今は亡き中城ふみ子の写真切りぬき飾れば友らが女優かときく

俺はやる心に誓った幾月か正しき事はただしきまゝに

寝言にて吾が叫びゐし異性のこと笑い友らはひやかして居り

信頼は自己より他に無いのだと親しき人に去られし人言ふ

はるばると癩病む吾れら慰めに来し人たちを有難く思ふ

意識して胸を張る日の幾月か友に言われてうつむくくせを

言わずとも済むべきことを言い放し春山兄の口のよだれよ

今は亡き友の手帳に一葉の少女微笑む写真ありたり

美しきM子の理想は高けれど曲がりたる指を整《なお》せと言ひ呉れぬ

みじめとは口癖の如く人等いふ退園せし友早く嫁娶れ

はり替へし障子に映る人影の動くを見れば花の手入れか

療舎にて星を見つめる吾れひとり窓辺に寄り添いしばしたたずむ

光一君と友呼ぶ少年の声響く秋の朝の清く静もる

歌友みな深刻になりし深山氏の祝賀の歌詠が難き今宵

微笑みて日傘差し来る乙女らが年若き吾れを小父さんと呼ぶ

人の世を離れし如き療園に看護師優し癩病む吾れに

畑道を散歩に出ればば遠くより吾が名を呼びし子供らの声

身と心救癩に捧げて二十余年大阪歯科奉仕団ここに迎えぬ

母国の愛の炎まだ消えず歯科医なき園に大阪奉仕団迎えて

ハンセン病歴史的転換期となり瀬戸内に患者解放の橋

不治と遺伝と恐れられけるその島に人間解放の橋完成す

健康の一助になればと早朝に始めしジョギング心涼しも

黒船の来航告げる碑文地にデイゴ青葉の風がしみ入る

生きていた証と友らみなきそう自費出版の歌集を作り

ご来光浴びて静まる療園に幸多かれと祈る元旦

木漏れ陽の心静まるベンチにて老婆が語る長寿秘話

多野岳より一望する羽地内海の景色眺むるも久しかりけり

そこだけが紅く染まりて若夏のデイゴ彩る新緑の国

両端に乱れ咲く伊集《いじゅ》の花白く多幸山外道心清しも

さざ波の音に親しみ夕映の足傷いえて浜を歩きおり

五十余年喫《す》い来し煙草絶つ吾れに意志の強さを人はほめおり

蟬しぐれ庭の巨木に甲高くむし暑き今朝も起こされており

台風期もことなき過ぎて吾が庭の糸瓜《へちま》いまだ収穫し居り

単調に過ごせし国の吾が生活生きる望みはいまだ消えずに

視野せまき園の生活意識して吾れの心は何故か明るく

若夏の到来告げて療園の梯梧は真紅に咲き誇り居り

吾れ企画し植えさせし梯梧一斉に咲きて療園のシンボルとなる

心無い人の仕業か吾が園の盆栽が次々盗まれて居り

療園に所得格差が憚りて弱者中心の運営乱る

耳遠き人に口寄せ元気ですかと言葉短かに見舞って帰りぬ

幼き日共に学びし友の顔今日も元気にテレビに映り居り

夕涼む吾に優しく声かけて看護婦小走りで応診へと行く

療養の日々のやすらぎ思うとき歌詠む心有難く思う

歳月の流れ駿馬の足のごと過ぎし佳きこと明日に生かさん

中国から輸入され来しホーオウ木の花は各地で鮮やかに咲く

五十年近く手しおにかけて来し園の大松枯れて行くなり

慰霊祭の合掌する手に涙にじませ深きしわ刻む老人多く

やり直しきかぬ人生と思えども病み古し身に急《あせ》るものあり

静かなる梅雨の晴れ間に浜に出る夏到来を心待ちして

新緑の萌ゆる多野岳より眺むれば美しく見ゆるは羽地の海

吾が庭の黒木若葉の飴色に芽吹きし明日古葉落ち居り

いつしかに黒木の枝も垣根越え並木の歩道に伍して盛れり

山腹の拝所のうすき樹々透かすニライカナイの信仰留める

単調なる園の生活に少しずつ変化が見ゆる七〇年経て

人間回復のみ旗を掲げ四十余年の全患協の活動頼もしく思ふ

関口神父うたふ聖歌のこと澄みて聖体ランプの灯はゆれ

厳冬の国頭連峰から吹く風は内海渡りて療園へ来る

台風も断水も無き年越して言祝都市のご来光願う

いくつもの哀しき別れの臨終に立ち合う人等の顔美しく

病み古りて残る生命を愛しみつつ萎えし掌に年賀状書く

格別な今夏の暑さは旧約の神の予言の世の終りかと

山鳩の声静かなる療舎にも春のきざしの温かき雨

騒然と移り行く世を憂ひつゝ胸中見せぬ仲秋の月

大寒に凍る魚が幾匹か園の海辺に流れつきたり

吾が車庫の戸道の下に巣を作り蜂の幼虫顔並び居り

療園に秋はひと足早く来て吾が庭の柿紅く熟れおり

立冬は暦ばかりでむし暑く島では未だ扇風機廻る

白百合が競い咲きおり季節感なき沖縄の野のあちこちに

無念さをばねにし生きて行きなんと思い至れば楽しからずや

白雲のかかる月影東空に大型台風襲来せんか

いつの間にか黄昏すぎて闇深き庭にねぐらを探す小鳩あり

免許証更新すれば今秋から吾れも五年更新優良運転手

延命を望まぬ君は点滴を外して神に命委ねき

ゆく年を惜しむが如く過ぎ去りて元日の誓い何一つ果せず

立冬の日射しは強く沖縄に寒さはないかと本土から来し友は

いつもなら殺風景な吾が庭は桜の開花で輝きており
小鳥らが吾が庭いっそ華やかにメジロヒヨドリ群れて飛び居り

癩病の歴史の哀しみ後世に残さじと立つ全患協は
癩ゆえに虐げられて大半は苦渋に充ちた日々に思えて

古びたる自転車一台軒下に過ぎ行く年の名残りの如く

一人去り二人去り逝く同僚の面影浮べつ齢重ねる

目ざむれば庭の桜に鶯の笹鳴き聞こえ年明けにけり

迫害の吾等の歴史に終止符がうたれる日近し予防法廃止

若夏の息吹きつたわる山原の鯉のぼり空高く舞い居り

剪定せし黒木の新芽あからみて五月の風に若葉ゆれおり

人知れぬ坂に登れば路傍《みちばた》のゆうな花咲き心和みぬ

やり直しきかぬ人生と知りつゝもかえらぬ過去を振りかえり居り

支え合う巨岩の彼方に神々のおわす久高は吾が母の島

癩で泣き偏見になきし歳月を正夢の中で記憶蘇える

予防法撤回後の世を夢に見つ余命に幾ばく焦るものあり

幼少時に園で学びし同期等と共に会して還暦祝ふ

会えば皆語るは遠く少年の貧しき頃の話題弾みて

あと十年予防法撤回が早ければと嘆く顔うつろいて

待望のらい予防法廃止となり心に行来する積年の思い

ゴンゴンと静かに聞こゆる除夜の鐘聴きつゝ思う良き年なれと

初春の息吹き伝わる国頭の山波高くご来光来て

療園で学びし友らと恩師囲み四十余年振りの同窓会

予防法廃止遅しと療園で学びし友が同窓会開く

立ち並ぶ園の松並つぎつぎと枯れ行くさまに心痛みて

野に山に白煙けむるうるずんの夏草映えて夏は近づく

予防法廃止となる日待たずして療友今年も二十名逝く

さくさくと砂踏む感触忘れいて歩く感激幾年振りか

彼岸花咲けば思ひ出づ十四歳島の療園に入りしかの日を

雑然と畳の上に本を積み歌を詠み来て三十年過ぎしか

沖縄の千葉修歌碑のある丘で交流の記念に写真撮《うつ》しぬ

この石を貴方の記念に返しますと師は差し出しし胆石の二個

命の燃ゆるが如く国頭の山波高くご来光昇り

早春のバンダの山に登り来て見渡す八重山の島々美しきかな

静かなる梅雨の晴れ間に浜へ出て夏到来を心待ちしおり

多忙の身押して吾れを励まさんと同期ら園でバーベキュー催しぬ

十五夜の月を見たさに外出れば星影見えぬ空仰ぎて佇《た》つ

草陰に怯えてすくむ野良猫を避けて散歩の路を選びぬ

台風の襲来に備えて港では肩寄せ合す漁船が多く

晴厄を三日待てずに逝く君の初七日同期と香を焼き来ぬ

希望の鐘が取り持つご縁かシュレーダー首相ご夫婦園に迎えて

慈父の愛忘れさせぬとドイツから贈られし鐘今日も鳴り響く

鶯のつがひ戻りて今年も佳き予感する美声響かせ

隔離策の名残りの壁の現存す園入口の何か所かに

在りし日の笑顔を忘れぬ君の葬に行けず別れしを悔いて残りぬ

療養の励みになればとドイツから贈られし鐘が時を告げ居り

妻の死を夢の如しとつぶやきたる夫の泪貰い泣きし居り

桜咲く季節の中で嫁ぎ行く智恵看護婦の前途幸あれ

嫁ぎ行く汝の未来に幸あれと祈る吾れらのこころは鉛色

霊的に結ばれし友ら各教会より親睦のため療園に集う

病床を覆うが如く咲き乱るブーゲンベリーは心和ます

病床のわれらの心慰めんと玄関一面ブーゲンの花ばち

岩陰に人目をさけてまつられし封印のごとき阿麻和利の墓

花燃ゆる季節に友は三年《みつとせ》の勤めを終えて園を去りなん

死に絶えし吾が人生に活路みて残されし命強く生きなむ

うりずんの季節の中に知り合いし友を迎えて心弾みぬ

療園の未来うれいて語る時君の瞳は輝きて居り

遙かにて恋ひたる山か宇良部岳をけふ初春に仰ぎ見てをり

愛犬と寝ころぶ縁側木蓮の花に頬寄せにおいかぎ居り

退室によろこぶ如く野や山に白百合咲きて我を迎える

看護婦等負うる使命の厳しくて注射する手は震えておりぬ

清らかに正月三日吾が庭に見事にバラが凛々と咲く

生きて来し過去の苦労を悔やむより余生を強く生きむと思う

病み癒えて帰る事なき療園での偏見の歴史聞き取られ居り

学生等は癩の歴史を聞き取らんと交互に吾れの部屋を訪ねる

朝夕に水かけやれば吾が菜園豊作となり喜び踊る

病む者の哀しき運命その昔三十三回忌までの法事を一度に済ましたといふ

いつまでも心に残る青春の想い出今も遠き彼方で

九十三年虐げられしらい患者に人間回復の日は間近と云ふ

現世に別れを告げて逝き行きし君との友情に感謝多く

入園のころ僕も八重山だよと声掛けて励まし呉れし君も死して哀し

笑うこと忘れし園に万感の思い出残して君は去り行く

強烈な香りを放つ梔子《くちなし》の花美しく心は和む

夫の死を悲しむ余り号泣する汝の胸襟いかに開かん

管理食を逃れて食べるすき焼の味覚にふれるも幾年振りか

教会の裏手の森に山鳩の声が透れる秋の夕暮れ

歳月の増し行く園の吾が暮らし何をこの世に残して行くや

ときくれば必ず咲くや万人の心を癒す桜前線

予防法の廃止以後は研修で個人団体園を訪ね来る

訪ね来るつがいのメジロが愛らしく枝から枝へと綱渡りして居り

療園を去る日近づく看護婦長積年の思いを淡々と話す

幼稚園の児らが参加し療園のミニ運動会賑わい見せる

喜びも哀しきことも受け入れて五十五年目の療園の年の瀬

聖堂の十字架紅く染めながら夕日は静かに沈み行くなり

飛行機の小さな窓より眺めつつ南の島の美しさ思ふ

猛暑は去りヤシの小蔭の秋風にとぎれとぎれに草蟬の鳴く

一日の暑さ静まる夕暮れの雨の憂いに心和らぐ

人生を語り合ふ友等相次ぎて逝きしこの頃寂しく思ふ

療園で実習受けゐる若きらは看護師めざす大学生という

生涯を福祉に生きんと若きらは厳しき試練に耐えいるようなり

療園のミニ運動会に参加する園児の競技に拍手を送る

桜咲く映像に魅かれ来て見れば八重岳も今帰仁《なきじん》も桜散り居り

居住者より空室が増える吾が棟も何年続くか皆老いて居り

障害者は国の為にならぬから殺したという加害者は施設の元職員と聴く

若きらの「リズミカル」なる体操に齢忘れて吾れ真似し居り

吾が余生十年間と思いきやその年齢になれば後十年と

憂鬱な心を癒やす紫陽花の花の遷《うつ》ろいに心和みて

友の夢に美しき姿で現れてお礼を告げに来しか亡き友

海風に吹かれて座る桟橋の向かいに見ゆるは国頭連山

背後より声かけられて振り向けば遊びに来たよと転勤せし看護婦

寝てくらすその代償にハンセンの病いを背負わす神は吾れに

夕暮れにねぐらに帰る島つばめ親子ならぶをじっと見つめる

人住まぬ庭の荒草繁りたり中の彼岸花あざやかに咲く

人はみなさだめと思う重荷負い生かされている生活《くらし》に幸せ思う

百日紅名残りの花を散らしいて風吹くたびに庭を掃きおり

博愛の真心を受け有難うの感謝の一筆箋に吊るしぬ

看護師らの日毎の介護に感謝して書きしを笹に吊るして帰る

いがみ合ふ世相にありて山鳩の番《つがひ》がかたみに餌つまみ居り

理容室の水の流れは山奥の潺《せせら》ぎ重ねて吾れは聞き居り

長かりし夏も終りて吾が庭に別れの合唱蟬は泣き居り

十二月くれば必ず来たる与那原のシスター等を心待ちして居り

北風に吹かれて散り行くくちなしの名残りの花びら吾れは掃き居り

初詣の人で賑わう辺土にて想うこと多き新しき世紀に

早朝に歩み来仰ぐ国頭の山並高くご来光昇り

地元新聞に投稿すれば反響早く激励の電話を貰ふ

人の眼を気にして生きけり予防法廃止で外向きに暮らせる嬉しさ

住みなれし寮舎の解散に一抹の寂しさ残し別れて行くや

北風に吹かれて散り行く百日紅の花の哀れさ病む吾れに似て

一念の命燃やして散る桜花の命も儚いものよ

短歌Ⅲ　吾が命洗わるる如し

吾が命洗わるる如し癩園を出で来て那覇でバスを待つとき

淡々と由美ちゃん事件の判決を告げてラジオはジャズに移りぬ

遠雷の如き爆音絶え間なく聞こえくる基地沖縄の現状

忘れんとして忘れ得ず原爆の写真を見つゝ迫りくるもの

人類の平和の願い無視されて今日も続くか原爆実験

限りなき不安に怯える基地沖縄の九十万同胞の声を聞け

祖国への渡航も自由にできず何の基本的人権かと怒る声々

眼前に見下ろす島は日本の与論島なれど自由に行けずに

ベルリンの境界線に銃を持つ兵士に怯えつゝテレビ見ており

人の世の生活は苦しこの歳でスクラップ拾ふ人の群あり

亡き人ら安らかに寝るひめゆりの塔に花束黙祷捧げぬ

日本復帰これが願いぞ歓声を上げて迎うる瀬長亀次郎氏

戦ひの日を知る故に原爆の基地となりしを吾れは哀しむ

空も陸も基地となりたる沖縄の反対の声も空しく聞こゆ

たはやすく沖縄に基地を許したる日米安保憎しと思ふ

涙して祖先の土地を守ると云ふ伊佐浜区民の団結の強さよ

敗戦より十七年経て今もなお祖国へ還る当てなき沖縄

数日前死産したらしき児の墓が林より出で痛く身にしむ

祖国への道のり遠くもろもろの犠牲を背負ひて祖国復帰か

戦争で中国に残されし子供らが捜す肉身の声痛々し

夕映えの鳥取砂丘に立ちて見る浸食されるやこの荒海に

七十余年つちかい来たる東欧の社会主義が今音立て崩る

首里城は四十七年振りに復元され雄姿に開花す王国文化

激動の昭和の時代に即位せし裕仁天皇今日崩御す

瀬戸で見る「小島の春」の碑文地を放浪の頃の癩者ら偲びて

四十余年東西に別れし民族の統合の瞬間に涙しており

悪政の犠牲となりし妊婦らを久部良割訪いて哀しみ増す

待ちまちし皇太子陛下のお妃が決まり久びさあじわう喜び

心なき人の仕業かオナガ鴨の背を射抜きし矢痛々しく見ゆ

生命の尊さ世人に披瀝して矢負い鴨今日も悠然と泳ぐ

見る度に吾が胸痛むオナガ鴨矢の早期除去を今日も願わん

数々の受難を越えて回復し晴れて自由の身の元矢鴨

保護されし矢鴨の体に散弾銃二発の跡もあると云ふなり

古代より生きた新種の貝なれど沖縄の深海で発見されき

妻と行く鳴門の旅路大雨に追われて急ぐ露天市まで

山原に宿願かなふ地方拠点都市決定に喜び多く

戦災で焦土と化されし沖縄の聖地に緑の植樹祭開く

降雨なく断水続きの沖縄へ知事は屋久島から水運ぶと言ふ

雨量なく断水続きの沖縄へ今朝待望の雨降り続く

志抱く少女はたのもしく海員学校へ入学のニュース

借金の取りたて恐れ山原の高江で今も時効を待つ人

問題は基地容認の姿勢にあり米軍人の殺人事件

残されし沖縄へ戦後巡幸の陛下の言葉に戸惑い居りて

特異なる感情うず巻く沖縄へ四十八年目に天皇来らる

捨て石にされし沖縄は米軍基地の７２％を押しつけられ居り

沖縄に夏到来の季節告ぐ各地に鰹の水揚げの知らせ

カンボジア派遣の文民警官に初の邦人犠牲者が出る

死んでまで安らかになれぬ来世は墓まで盗に荒される世とか

度重なる軍事演習次々と破壊され行く恩納連山

茶と並ぶ主要産物に数えらる奥のスモモはkg三〇〇〇円也

急ぐほど前進阻まれ鳥取の砂丘と風に足取られ居り

歌を愛し踊りを愛せし琉球の音楽までも薩摩は奪ひき

東西を隔てし壁を取り払い永遠に平和の到来望みぬ

複雑に利害もつれる基地撤去島の長さは苦渋に満ちおり

静かなる空を還せと怒る声嘉手納住民の訴訟の録音

沖縄忌皺深き顔に歳月の流れは早やも六十年余

日本への宣教半ば果たさずに神父は無念に沖縄で没す

街は早やジングルベルの楽鳴りて厳しき世相の年の夕暮れ

人類の救済のための教団がサリンばら撒き無差別殺人とは

日本を震かんさせし地下鉄の実行犯に二名の医師もいたという

宗教をオウムの隠れ蓑にし次々とオウムの強盗擬《まがい》の事件

旅人は黙して聞けり瀬戸内の友らが語る迫害の歴史

吾が身とも吸い込まれゆく心地して鳴門の渦潮真下に見ゆる

淡路島縦断しつゝ白日の明石海峡右手に見ゆる

かすかなる摩文仁の海の彼方より鎮魂の叫び未だに聞こゆ

沖縄で本土防衛の先兵と散りし人等の悲しき叫び

生あらばいつか会えると信じ来て同期らとの再会に胸弾《はず》ませる

父母は兄弟は夫はと名を刻銘板に探す沖縄忌

療園の歴史開けば苦しめられし予防法の撤回希う

らい患の八十八年の偏見の歴史に終止符打つ日も近く

平和なる礎《いしじ》の偉業に感動し親子で探す伯父伯母の名を

激戦で石まで焦げし戦場も歳月経てば草木は生ひて

基地故の悲しき運命米兵の少女暴行事件の傷は治らず

数々の感動残し閉会せし世界のウチナーンチュ大会の余韻残りて

基地からの解放求め大田知事は国の代理署名拒否し続けぬ

国土など一割未満の沖縄に米軍基地の七割強いる

激戦の惨を伝ふる療園の壁囲には弾痕顕わ立つ

激戦地となりし摩文仁野に反戦の証に平和の礎は並ぶ

歳月の流れは早く摩文仁野の礎で泣きし老いし人たち

摩文仁野の平和の礎に刻まれし人らの御霊安らかにあれ

与那島の海底ひろく神殿の神秘の遺跡に夢かき立てられ

与那国でも座間味でも粟国でも眠る海底の遺跡

米軍の実弾演習本土への移転に吾の心痛みぬ

未来泣き基地返還に打つ手無く県内移転に腹立たしく思ふ

台風の襲来に備え港では漁船の繋留に動く人びと

沖縄をふるさとに持つ県民は基地の被害に翻弄され来

基地移設きびしくなりて沖縄の吾らの命いかに成り行く

ヘリポートの移設に揺らぐ沖縄の賛否世論の意見きびしく

台風の被害を蒙に葉野菜の主婦ら泣かせの高値が続く

円高に不況の嵐吹きやまず街には「貸す」の貼り紙増えて

たびたびの軍事演習名目に破壊されゆく金武ブート岳
経済の活性化と云ふ名のもとに基地固定化の意図が有りあり
沖縄の迫害の歴史読みおれば口惜しと思う嘆きを思う
連日の空爆に怯えるアフガンの人等に平和の到来いつか
戦争の放棄誓いし九条を破り自衛隊海外派遣

国土の０・６％にも満たぬ沖縄に米軍基地の７２％が有ると云ふ
日本の植民地にされし沖縄が新たに基地をつくると言ふは
平和への理念揺るがす安保法案に戦争の恐怖甦りくる
沖縄の民意を外に粛々と新たな基地を押しつけるのか
与那国に尖閣防衛の自衛隊三百人が配備されるといふ

中国の遠き歴史が脈々と生きる沖縄の清明祭

雲行きの怪しくなりて鳴門大橋急いで渡る四国観光

憲法をなし崩しにして戦前の秘密保護法に戻り行くのか

慰霊の日に合わせる如く吾が庭に哀しみ深く蟬鳴き始む

燃ゆるごと夕焼の空を眺めれば戦時の頃の悪夢甦り

耳の内に戦争の記憶重く置き個人保護法を受け入れられぬ

梅雨晴れて指差す先は辺土岬祖国分断２８度線の跡

小豆島が眼前に見ゆる島に来て遠き日に観し「二十四の瞳」を思ふ

高齢者の自動車事故に高齢者ドライバーゆえ心が痛む

空も陸も基地となりける沖縄の反対の声空しく聞こゆ

沖縄を還せといふ壇上の少女を怒る米兵の暴行事件

解説

平得壮市俳句・短歌集『飛んで行きたや』巻末解説

慰霊碑の供花に飛び交う夏の蝶

大城貞俊

本稿のタイトルは、本書に収載された平得壮市さんの俳句の一つである。収載された作品は心に染み入るものが多いが、本句はとりわけ想像力を喚起する。何の慰霊碑なんだろう。だれの慰霊碑なんだろう。なぜ供花が行われたのか。供花は蜜のように甘い希望の喩えなのか。なぜ夏で、なぜ蝶なのだろう。無数の蝶か一匹の蝶か。瀕死の蝶か若々しい蝶か。蝶とは私なのか。作者は元ハンセン病患者で家族との隔離を国家権力によって余儀なくされたのだ……。

平得壮市さんの俳句や短歌に出会ったのは最近のことである。沖縄愛楽園自治会の八十周年記念誌の編集に携わっている友人のSさんからの紹介だった。私もSさんと同じように読後に大きな感銘を受けた。

作品にはハンセン病を患ったが故に、理不尽な差別と偏見に悩まされた一人の人間の苦悩と闘いの日々が刻まれていた。優しさと激しさ、孤独と不安、希望と絶望、自らを励ます言葉、などが素直な心で吐露されていた。印象に残る俳句や短歌には表題にあげた作品以外にも数多くある。例えばその一部には次のような作品がある。

□俳句例

○春雷の最中に手にす友の文
○地球よりでっかく話す夏帽子
○感情を散らして怒る天の川
○友逝きて月夜の部屋に音を絶つ
○予防法の歴史の怒濤鰯雲
○麻痺の指なめて辞書引く寒椿

□短歌例

○区切られし十万坪の療園に住みゆく一生哀しむなかれ
○吾が病い必ず癒ゆると信じつゝ父は待ちおり十年経ちても
○みにくくなりし子の現身を知らずして逝きにし母は幸せならんか
○木漏れ陽の心静まるベンチにて老婆が語る長寿秘話
○子ありても共に暮らせぬ哀しみをこらえつつ妻は死出の旅へ行く
○憂鬱な心を癒やす紫陽花の花の遷ろいに心和みて

平得壮市さんの俳句や短歌を読むと幾つかの特徴があるように思う。例えばその一つは療友や妻子への慈愛に満ちた言葉があることだ。二つ目は理不尽な病に冒された自らの運命を凝視する言葉である。三つ目は繊細な感性で花鳥風月を愛で自然を慈しむ言葉がある。四つ目は出生の地や幼少のころに過ごした記憶に残る故郷への郷愁の思いである。

これらの作品を支えている言葉の拠点は、生活や体験に根ざしていることだ。このことは一貫していて決してブレることはない。この場所から言葉が発せられているがゆえに過剰な修辞や粉飾はない。それだからこそ言葉は私たちに届くのだろう。沈黙や苦しみを経て発せられる言葉は私たちを感動させ共感させるのだ。

さらに平得壮市さんの短歌や俳句へ向かう姿勢は個性的で表現することの根源的な意味を問いかけている。平得さんは他者のために俳句や短歌を書くのではない。句会に参加し短歌誌に応募するために書く訳でもない。ただひたすら大学ノートを手元に置き、日記を書くように自分のために書いたのだ。このことも平得壮市俳句・短歌集を理解する上で大きな手掛かりの一つになるだろう。

かつて私は、愛楽園の入所者たちの文芸作品に興味があって、自治会が発行している機関誌『愛楽』の文芸欄を調べたことがある。『愛楽』は一九五四年の創刊号から一九七六年の37号まで二十二年間余の長きに渡って発行されていた。ここに掲載されている作品には表現することの必然性がひしひしと伝わってきた。差別や偏見の実態を訴えるものが多かった。

しかし、文芸欄には平得壮市さんの名前や作品は見当たらなかった。平得さんもまた一度も投句や作品の掲載はないと言う。ただひたすらに自分のためにのみ書いたのだ。
平得壮市さんと面識を得た私に、平得さんは次のように語ってくれたことがある。

自分の短歌が短歌になっているかどうかは分かりませんが、このような施設にいる鬱憤を晴らすかのように短歌を書いたんです。ぼくは二十六歳の時にカトリックの洗礼を受けましたが、自分を支えるものがないとやっていけないんですよ。文芸をするというのも自分のもやもやを外に出すためでもあったような気がしますね。

平得壮市さんは、この拠点から俳句や短歌を書いてきたのである。つまり、平得壮市さんが作り上げた俳句や短歌の世界は全くの独学であり、孤独な営為がもたらしたものであるということだ。
作品を書き込んだ大学ノートの表紙には短歌一九五四年、俳句一九六一年と記されているから、そのころから今日まで営々と書き続けられた作品群であろう。作者が謙遜するとおり、他者の目や共通の学びの場があれば、あるいは作品の完成度はもっと高まったかもしれない。しかし、換言すれば、それゆえに作品世界は作者の等身大の言葉であり、生々しい生活の言葉であるということが言えるだろう。

沖縄愛楽園は様々な苦難の経緯を経て一九三八（昭和十三）年十一月沖縄県立国頭愛楽園として開園する。一九四一（昭和十六）年七月には国に移管されるが、先の大戦を経て戦後一九四六（昭和二十一）年に米軍民政府の所管となる。一九五二（昭和二十七）年に琉球政府創立と同時に琉球政府の所管となり、日本復帰した一九七二（昭和四十七）年五月十五日、厚生省に移管され再び国立療養所沖縄愛楽園として現在に至る。

平得壮市さんが入園したのは一九五一（昭和二十六）年、中学一年生を終えたころであったという。母親とは幼いころに死に別れ、苦労を重ねる父親や姉、兄たちと引き裂かれて園に収容されたという。どんなにか辛かったであろう。無念の思いを引き摺りながらの多感な少年期から園での生活が始まったことになる。

一九九六（平成八）年四月一日に「らい予防法廃止に関する法律」が施行され国

家は間違った政策をとってきたことを陳謝し、長く患者や家族を苦しめてきた「らい予防法」が廃止される。平得壮市さんは、まさにその時代を体現した人だ。したがって本書はその時代を生きてきた一人の人間平得壮市さんが病と闘い、偏見や差別と闘った心の軌跡とも言える。ここに本書の出版される意義の大きさもある。

もちろん、平得壮市さんの俳句や短歌には絶望や苦しさのみが歌われている訳ではない。生活の言葉を基盤とするが故に、感情が横溢し喜怒哀楽が歌われるユーモラスな句歌があり諧謔にも富んでいる。ここには光明もあり、したたかな決意もあるように思われるのだ。

○娘より絶縁迫られ山笑う
○人生の苦楽を秘めておぼろ月
○蛇皮線の練習とだえて初蛙
○妻の味覚えて活かす男鍋

平得壮市さんの日々を生きる生活者としての姿勢は凛として潔い。そして故郷や家族への愛情を片時も忘れない。このことも私たちが学ぶべきことの一つである。本俳句・短歌集の持つ魅力の一つになっている。

（作家・元琉球大学教授）

あとがき

本書は、私の生きた証である。今は亡き妻や、家族や多くの仲間、友人たちへ感謝を捧げるつもりで出版を思い立った。その思いが皆の心に届けばとても嬉しい。

私は、だれかに俳句や短歌を学んだことはない。独学で、思うままに日々の感慨を大学ノートに書き綴ってきた。私の作品は、俳句らしいもの、短歌らしいものに過ぎない。日記を書くように短歌や俳句を書いてきただけだ。

ただ、難しい言葉や、難しいことは書かずに、分かりやすく書く。このことを考えて書いてきた。だれかに読んでもらうあてもないのに、家族や友人たちとの楽しかった日々や、病が癒えてもなお理不尽な差別や偏見に苦しむ家族を思い自分の心情を綴ってきた。

沖縄戦では私の母方の両親が犠牲になった。姉も甥も犠牲になった。だから私は、病への差別や偏見だけでなく、戦争へも怒っている。沖縄の「慰霊の日（六月二十三日）」には、摩文仁に行って慰霊祭にも参加した。昨今の辺野古新基地建設についても大きな疑問を感じる。沖縄を基地の島でなく平和な島にしたいと思う。

本書の出版についても、娘をはじめ家族の皆が喜んでくれることが何よりも大きな心の支えになった。私にとって家族こそが、だれよりも頼もしい私の良き理解者であり激励者であった。感謝したい。

出版に際しては、私を励まし協力してくれた鈴木陽子さん、大城貞俊先生にお礼を述べたい。そして編集の労を取ってくれたコールサック社の鈴木比佐雄さん、座馬寛彦さん、鈴木光影さんにもお礼を述べたい。有り難うございました。

二〇一九年五月

平得壯市

■著者プロフィール

平得壯市（ひらえ　そういち）

1936（昭和 11）年、与那国島に生まれる。1951（昭和 26）年、故郷を離れハンセン病療養施設「沖縄愛楽園」に入園する。少年期から家族と離れて生活することを余儀なくされ、病に対する差別や偏見がまだ強く残っている時代を体現する。中学３年生のときに書いた短歌を先生にほめられて表現することに関心をもつ。短歌は 1954 年、俳句は 1961 年ごろから、日々の感慨を託して大学ノートに書き留めてきた。

現住所　〒 905-1635　沖縄県名護市済井出 1192 番地

石炭袋

平得壮市俳句・短歌集
飛んで行きたや　沖縄愛楽園より

2019年6月23日初版発行
著者　　　　　平得壮市
編集・発行者　鈴木比佐雄
発行所　　　　株式会社 コールサック社
〒173-0004　東京都板橋区板橋2-63-4-209
電話 03-5944-3258　FAX 03-5944-3238
suzuki@coal-sack.com　http://www.coal-sack.com
郵便振替　00180-4-741802
印刷管理　（株）コールサック社　製作部

＊装丁　奥川はるみ　　＊装画　野津唯市

落丁本・乱丁本はお取り替えいたします。
ISBN978-4-86435-395-3　C1092　￥1500E